神のいたづら

kami no itadura

Tsukui Kiyo

津久井紀代

ふらんす堂

目次

句集　神のいたづら

二〇〇二年・二〇〇三年

ことごとく扉は薔薇へひらきけり

人の世に生れ晩涼の椅子一つ

遺されし椅子に膝掛青嵐

ギヤマンのランプの底にある異国
青田風言葉がひとり歩きして

 2002年・2003年

あめんばう水輪いくつ作れば死

星のなき夜も目醒めゐる花氷

入梅やタイルたどれば鷗飛び

泉湧くまつくらがりのひとところ

薔薇の文字まはりだすかも知れぬなり

一身の混沌としてなめくぢり

三伏の田端にありて鰻飯

蛇こはし人間こはし詩がこはし

おそろしき袋を負へり蟻地獄

杭の上杭のごとくに鵜がたてり

虹よりも淡くマリーローランサン

秋の蛇待つ人のゐてまつしぐら

ドロップの缶を鳴らして浮寝鳥

立冬や理路整然と本を積み

一病のたやすからざる懐手

ささやかな集まりのあり青邨忌

働く手大きく見ゆるクリスマス

亡き人の分まで冬の帽子掛

大綿の首ふつて消す嫌なこと

人参に偉さうな髭二三本

年忘れ大きな橋を渡りけり

我が胸に肋骨があり寒夜なり

二〇〇四年・二〇〇五年

淡きもの食べて雛の日なりけり

百代の過客雛も一木も

青草を摘む鬼婆とならぬやう

平赤絵逝く

赤絵逝く宮城野の春一番に

お涅槃に間に合ふやうに逝かれけり

人の世に遅れて亀の鳴きにけり

雀の子種蒔くやうに降りて来て

蕗の薹天麩羅にして緑濃し

白魚を乗せてかたむく秤かな

飲食の一灯くらし放哉忌

虚子の忌の甘たるき味噌舐めにけり

若葉冷キリストの足地に触れず

亀の子の困つたときのお母さん

象動く気配梅雨の気配かな

噴水の筋金入りの上がりやう

無差別テロ蟻一匹も赦さざる

炎帝とたたかふ眉を描き足して

大粒の雨すぐに止み原爆忌

頭の中で蟬がいつぱい鳴いてゐる

星祭赤い玉子を買ひ戻る

ひよんの笛母を捜してゐるやうな

魚の腹きれいに洗ひ冬支度

立冬や赤こんもりと七味売

露天商狐火ほどの灯を抱いて

忘年の一夜をかけて煮ゆるもの

鮟鱇も母も大きな肝つ玉

こんなにもさみしい木の葉拾ひけり

二〇〇六年・二〇〇七年

灯のすこし漏れゐて稽古始めかな

魚は氷に上がり名前を呼ばれをり

鶯餅口が伸びたり縮んだり

末席に猫ゐる百段雛かな

三月の雲多き日や龍太逝く

ふんはりと紐のかけある雛の箱

芹の水夜はやさしき音たてて

良い一日であつたと思ふ放哉忌

受難節釘を打つことやめたまへ

春終る図鑑の中に蝶閉ぢ込め

イヤホンを溢るるジャズや労働祭

水底に石美しき太宰の忌

父の日や要点のみを手短に

浴衣着てマネキン何処にも行けず

暮し向き良く見えてゐる葦簀かな

祭髪とはきりきりと痛さうな

休みたき蟻もあるらむ蟻の列

直立のポスト足元より灼けて

吊革のしづかに台風圏の中

惑星を一つ従へ蛇穴に

菊旨し白居易の詩を諳んじて

雁や華僑に赤き四天門

綿虫にぶつかりさうでぶつからぬ

古外套頑なに我を通しけり

降誕祭一家の靴を光らせて

大綿や父似の人を追ひ越せず
冬あたたか母の喜ぶことをして

指先の尖れる三寒四温かな

うまさうに飯喰ふ人や年忘

大年の母より伝へられしもの

二〇〇八年

大氷柱金色堂を捉へけり

レンブラントの光の中に二月来る

魚は氷に上がり一石投じけり

三月や象先立てて象遣ひ

春光を巻き上げてゐる象の鼻

絵を売つて得し金すこし修司の忌

天神へ道まつすぐや鳥の恋

花冷や声だしさうな本の山

心臓もこのくらゐなり落椿

青邨の文字が好きなるきらかな

裏口の見えて佃の祭かな

ガラス器に入れ炎帝を掻きまはす

浮いて来いギリシャ神話の善と悪

若冲の鶏を横目に羽抜鶏
ピーマンが真つ赤になつてしまつた日

鵙日和大きなものの運ばれて

鉦叩百叩いても父還らず

熟柿落つ青き地球の只中に

野の石が一遍の墓小鳥来る

光琳の金抱一の銀秋深し

蓮の実の飛んで東天紅の中

晩秋やイエスを赤くエルグレコ

難しき漢字のやうな牡蠣の殻

裸木となつて裸木よく見ゆる

柚子湯してでつかいことを企てる

二〇〇九年

春眠の子が春眠を蹴つてをり

春は曙トーストが世に飛び出して

封筒の中から摑み出す余寒

蛇出でて影やはらかく従へり

蝌蚪の紐神のいたづらかも知れず

のたうつて蝌蚪の紐にも反抗期

蝌蚪の紐アインシュタインなら解けさう

磔刑やかくもしづかに春の雪

阿修羅展出て春光が手の如し

花冷ゆるとは真白い箱のこと
まほろばの大和の国の柏餅

世界一小さな国の聖母祭

父の日の父のやうなる独逸麺麭

手放してより牛飼に長き夏

帳簿より消す牛の名や浮いて来い

削られて光る武甲山や梨の花

今朝の秋母に呼ばれてゐるやうな

近況を問はれてゐたる残暑かな

三伏もをはりのころの手足かな

立膝の子規の晩年葉鶏頭

落蟬のまだしばらくは翅の音

焼栗の袋の中で鳴つて秋

人死して菊一輪の白さかな

秋茄子洗へば櫂の音したり

湯を足して透き通る菓子月今宵

行く秋を太き画鋲で留めておく

壜詰めの蛇冬眠に間に合はず

あはうみの今朝あたらしき浮寝鳥

我よりもきれいな犬のちゃんちゃんこ

抽斗の智慧を小出しに十二月

次の間に紙を切る音年詰まる

二〇一〇年

「天為」二十周年記念特別作品第一席「本の帯」二十七句

一枚の紙にも音や涅槃寺

立春や砂子まぶしき虚子の軸

布巻いて仕舞ふ刃物や雛祭

くれなゐの紐が一本雛の前

甘たるき団子のたれも彼岸かな

靴底に小石がひとつ義士祭

本の帯はらりと虚子の忌なりけり

鏡より出て初蝶となりにけり

もう一度空が見たくて蛇出づる

病癒えゆく薄氷を毀しつつ

針の穴より佐保姫のあらはるる

猫の恋ペットボトルがころがつて

鳥帰る記憶の中に幸田文

捨松といふ名のをみな解氷期

子規全集まはし読みして竹の秋

花ミモザ手擦れはげしき福音書

春一番ポテトチップの袋鳴る

田螺出て父よ母よと鳴きにけり

野焼きの火風が育ててをりにけり

風光る卑弥呼の歴史刻む壁

多喜二にも母のありけり冴返る

人の道はづさぬやうにつばくらめ

饅頭の臍の上なる櫻かな

少しだけ風吹いてをり鳥の恋

まだ水の色してゐたる初櫻

春の水地球に出口なかりけり

ゆりの木で逢ふ約束を修司の忌

二〇二一年

背を正すことより読書始めかな

新聞の上に靴跡多喜二の忌

貰はれて来たこと知らず仔猫かな

イソップ橋より三月の茜雲

手相見に手のひらほどの春灯

蛇穴を出て風評に惑ひけり

三月へ足蹴つてゐる赤子かな

ロザリオの音のざらりと夕櫻

亀鳴くやさうさう今日は万愚節

大虚子も母も駄々つ子椿餅

ほそぼそと暮してゐます放哉忌

棕櫚の葉の青を重ねて受難週

地球上の黴として我君臨す

母が着て涼しき越後上布かな

リーチの皿より六月の青き鳥

大昼寝虚子五百句を枕とす

この世の火育てて八月六日かな

天渺渺地の一点をなめくぢり

晩夏光日曜だけの道化師に

落蟬のわが胸に来て鳴けるなり

綿摘みのひかりを満たす麻袋

虫の音の入れ替はりたる机かな

仏にもあたたかき飯十三夜

ひと騒ぎして鳰が来る鴨が来る

夫逝くや暮も六日の星の夜に

揺すりても体動かず冷たくなる
凍る夜の最後の聖書読みにけり

象もまた母国を恋へり冬銀河

凛として一木のあり青邨忌

二〇一二年・二〇一三年

種蒔く人の大きな一歩初暦

蝌蚪の紐整理整頓してみたし

厨房の裏口開いて春節祭

早春の野にキリストは足そろへ

行燈は吉野の手漉き雛祭

蜀三傑称へて亀の鳴きにけり

蛇出でて3・11を記憶せよ

清明や机上に青きインク壺

筍の荷に福島の土すこし

億年を黙り通して蝸牛

南部風鈴どこからみても頑固なり

一書得て祭の中を通りけり

東京は終の止まり木黒ビール

無音無風無表情大炎帝

奥能登の一夜限りの竹夫人

蛍となり還つてきてはくれまいか

新しき星を加へて星祭

我もまた迷へる羊月祀る

象一頭月下に足を折りて眠る

安達太良のきれいな空の百匁柿

できるなら海鼠になつてゐたいとき

母捜すため綿虫の漂ふは

いちにちを大木あまりと牡丹焚

ゆるやかに燃えてゐるなり牡丹桁

三寒の四温ばかりを言ひにけり

落葉降る中を大きな落葉かな

青首のぬつと一茶の忌なりけり

ふゆざくら息がこんなにさみしいとは

もの書けば白紙が汚れ十二月

二〇一四年・二〇一五年

旅始星を探しに羊飼

百歳の母来る方を恵方とす

なにもかも大きく見ゆる初鏡

東京に富士見ゆる日や種おろし
蟻出でてアインシュタイン塔目指す

かたかごの夜は満天の星となる

サグラダファミリア永久に朧

ごつた煮の鍋にも流儀山笑ふ

端つこが好きな殿様蛙かな

いつ来ても母のゐる家豆の花

母の日の豆のごろごろしたスープ

ローソクが二本太宰の忌なりけり

馬冷す額にカインの星一つ

掻揚の衣ばかりの暑さかな

くちなはのどこまでが喉どこまでが腹

ダリの時計大いに歪む残暑かな

かなかなや道を違へて子規不折

子規の忌のすこし厚めの麺麭とジャム

秋風のふつと過ぎたるところかな

物言はぬ母となりけり鰯雲

腕を買はれて虫籠の番人に

はじまりはあの角のあの金木犀

水甕の底より冬の始まりぬ

車座に人の集まる蕪村の忌

大根煮る母のやうにはいかぬなり

星凍つるイスラム国のアラーとは
一本の無言のペンや巴里の冬

白粥を吹けばはるかにフユの音

二〇一六年

火星まで水を探しに旅始

角丸き青邨の文字初暦
手を洗ふことより仕事始かな

きさらぎの蔦屋に選ぶ小物入

白梅のいづこに立つも水の音

看板に昔の映画水温む

鶯餅鳴き出さぬやうつまみけり

恋文横丁より一匹の蠅生まる

花冷の硝子の中の春琴抄

修司の忌即ち澤田和弥の忌

中西夕紀宅

新緑の十七階の新居かな

鎌倉の紫陽花の青デュフィの青

象死して今麦秋の野を行くころ

芥浮く六月暗き小名木川

晩夏光はな子のゐない象の部屋

川の風草の風あり大昼寝

波郷辿るカンカン帽を先立てて

一本の道炎天の紛れなし

夏袴襞ゆるやかに檀一雄

水差しに鳥の嘴秋立てり

かなかなや脚注多き七部集

まだ青き駿河の竹を虫籠に
星飛んで一一三番目の元素

柿食べて斑鳩の風軽くせり

一羽来てたちまち鴨の陣となる

晩秋の風摑まんと手長猿

フラミンゴ夜は晩秋の色となる

触れさせてもらふ玉器に秦の冷

口中に北国の雪鮟鱇売る

百年目のアンドロイドや漱石忌

大綿の追へば追はれてゐたりけり

湯たんぽを抱いて今宵も眠るかな

二〇一七年・二〇一八年

初鶏の母呼ぶやうに顔上げて

去年今年机上を走るペンの音

越前の和紙のくれなゐ初手毬

題名のない一月のオブジェかな

十二支を辿ってゆけば涅槃図に

芭蕉以後何も変はらぬ余寒かな

仔馬立つ出羽三山を真向ひに

春光の一鍬ごとの光かな

蛇出でて大道芸に加はりぬ

風光る窓にコローの帆掛船

花びらの冷たし母の忌が近し

秋櫻子の大福風生の鶯餅

霾るや文化大革命以後も

深川はどこ曲りても橋朧

魂あるとせばこの一本の夕櫻

櫻蕊地に触れてより十字なす

紙魚走る子規晩年の当番表

雨蛙一山越えて来し構へ

トーストに網の焦げ目や原爆忌

一握の砂に音ある晩夏かな

円空の顔母に似て涼し

一葉落つ吉田松陰処刑の地

秋冷や壁一面にゲルニカ図

虫籠に虫しづかなる厄日かな

高麗浄土とはこの一面の曼珠沙華

桃紅の墨の奔放水の秋

ジャコメティの足キリストの足飛蝗の足

忍び寄るもの晩年と晩秋と

べつたら売る五指に糀を滴らせ

白菜を花抱くやうに買ひきたる

湯豆腐や時代を超えて笠智衆

受付にロボットがゐる寒さかな

サンタフェの螺旋階段蝶凍つる

野ざらしのイエス冬木となりゆくも

人の世に巣箱を架けて兜太逝く

「もう少し」作品三十句（「天為」平成二十八年作品コンクール第一席）

掌中は星の冷たさ母逝けり

泉まで来て色鳥となりにけり

はらからの秋澄む方へ椅子寄せて

木犀の夜は満月の匂ひせり

黙深き兄の正座や流れ星

耳菓子の渦を数へてをれば秋

遅れ来て秋の扇を使ひけり

もうすこしだけ咲いてゐて曼珠沙華

母の手を離れて渡り鳥となる

ぶら下がる他なき鬼の子でありぬ

一枚の和紙にも表裏小鳥来る

椅子に来て羽やはらかき秋の蝶

秋口の手を突いて飯拾ひをり

穴惑ひゐて母の死を肯へず

蟷螂が机の上に来て鳴けり

がま口の小鈴が鳴つて盆祭

母の手を引きたることも銀河濃し

蛇穴に記憶の路地を通りけり

星月夜母ゐるやうに帰り来て

十六夜の畳のへりのなつかしく
いつよりか使はぬ木櫛草の花

銀漢や母よ・神よ・ラマ・サバクタニ

十三夜兎は耳を折りて眠る

ほうたるの光となつて母来ませ

どの道へ出るも水音あやめ草

蟬の声はたりと止んで忌明けかな

マフラーをぐるぐる巻いて一周忌

葱一本話のつづきのごと刻む

兄を呼ぶ母の声して雪来るか

霜柱さくさく踏んで母訪はな

あとがき

自分の理想とする俳句に少しでも近づけないか、もうすこし、もうすこし、と思っているうちに第三句集『てのひら』から十七年が経った。強く勧めてくださる方がいて第四句集を「神のいたづら」として纏めることを決意した。この中には二〇〇二年から二〇一八年二月まで、十七年間のもの三百五十句が収めてある。今も母への想いが断ち切れず、母三十句を以って句集の締め括りとした。

題名「神のいたづら」は集中に収めてある蝌蚪の紐の不思議からの発想であるが、地球上のすべて、今私がここに存在することも、詩を書くこともすべて神のいたずらのように思えるからである。

私は山口青邨先生の「夏草」で育てていただいた。「夏草」には古舘曹人氏、黒田杏子氏などの優れた先輩がいて刺激的だった。中でも有馬朗人先生には俳句を始めた当初から大いに刺激を受け、学ばせていただいた。現在に至るまで有馬先生の選を仰ぐことが出来ることを幸せなことと思う。少しでもご恩に報いるべく努力を重ねている。

現在有馬朗人研究会を立ち上げ、すでに六冊の本を刊行した。俳句のみならず、評論にも面白さを見出し、書くことへの興味は尽きない。有馬研究会立ち上げは「天為」同人内藤繁さん、故澤田和弥さんのお力に依るものである。

大木あまりさんのお声がかりで始まった勉強会は、現在村上喜代子さん、中西夕紀さんとの三人の勉強会として絶えることなく三十年を超え、まだ見えない何かを摑むため、お互いに切磋琢磨を続けている。

「天為」の方々には大変お世話になった。この場を借りて一人一人にお礼を申し上げたい。また、結社を超えた友人と句座を共にし、多くを学び、多くのご恩をいただいた。すべての人に感謝を申し上げる。句集を編むに当たって友人佐藤若菜さんのお力をお借りした。

俳句を始めたその日から、長年にわたる有馬先生のご恩情に感謝申し上げる。

二〇一八年如月

津久井紀代

著者略歴

津久井紀代（つくい・きよ）

1943年６月29日岡山県生
「夏草」新人賞
「天為」同人 「枻」同人
俳人協会会員
句集に『命綱』『赤い魚』『てのひら』
評論集『一粒の麦を地に』『有馬朗人を読み解く』（全10巻のうち１巻から６巻まで刊行）

現住所 〒180-0003
東京都武蔵野市吉祥寺南町3-1-26 佐藤方

句集　神のいたづら

二〇一八年八月一〇日第一刷
定価＝本体二五〇〇円＋税

●著者――津久井紀代
●発行者――山岡喜美子
●発行所――ふらんす堂
〒一八二―〇〇〇二東京都調布市仙川町一―一五―三八―二F
TEL 〇三・三三二六・九〇六一　FAX 〇三・三三二六・六九一九
ホームページ http://furansudo.com/　E-mail info@furansudo.com
●装幀――和　兎
●印刷――日本ハイコム株式会社
●製本――壷屋製本株式会社

ISBN978-4-7814-1057-9 C0092 ¥2500E